D0691171

ASQUEROSOLOGÍA

del baño a la cocina

ediciones
ia
mi
qué

LIBROS
CIENTÍFICAMENTE
DIVERTIDOS

Primera publicación en los Estados Unidos bajo el título GROSSOLOGY BEGINS AT HOME
© del texto, **Sylvia Branzei, 1997**
© de las ilustraciones, **Jack Keely, 1997**

Publicación en **Argentina** bajo el título **Asquerosología del baño a la cocina**
© **ediciones iamiqué, 2006**
www.iamique.com.ar

Publicado por convenio con **Price Stern Sloan,** sucesor de **Planet Dexter**, una división de Penguin Young Readers Group, miembro de Penguin Group (USA) Inc. Todos los derechos reservados.

Traducción: **María José Rolón**
Adaptación: **Ileana Lotersztain**
Corrección: **Patricio Fontana y Laura A. Lass de Lamont**
Rediseño: **Javier Basile**
Diagramación: **Santiago Pérgola**

Primera edición: marzo de 2006
Primera reimpresión: agosto de 2008

Tirada: 2000 ejemplares

I.S.B.N.: 978-987-1217-08-3

Queda hecho el depósito que establece la ley 11.723
Impreso en Argentina
Printed in Argentina

Este libro está dedicado a la promoción 1996 del Whale Gulch Junior High School: Aia, Ari, Bryant, Leeann, Lexie, Nessa, Serina, Summer, Thomas, William y Zoe.
Mis mejores críticos y mi fuente de inspiración.

Branzei, Sylvia
    Asquerosología del baño a la cocina / Sylvia Branzei ; adaptado por Ileana Lotersztain ; ilustrado por Jack Keely - 1a ed. 1a reimp. - Buenos Aires : Iamiqué, 2008.
    84 p. : il. ; 21x21 cm. (Asquerosología)

    Traducido por: María José Rolón
    ISBN 978-987-1217-08-3

    1. Ciencias Naturales para Niños. I. Lotersztain, Ileana, adapt. II. Keely, Jack, ilus. III. Rolón, María José, trad. IV. Título
    CDD 570.54

Y ahora, un mensaje de nuestro abogado:

Ni los editores ni el autor de este libro podrán ser hallados responsables de cualquier daño ocasionado por la realización de las actividades que en él se describen si no se han seguido minuciosamente las instrucciones, si no se ha contado con la vigilancia apropiada, o si se han ignorando las precauciones que se mencionan.

Está prohibida la reproducción parcial o total de esta obra sin la autorización previa de sus editores.

inmúndice

una introducción
asquerosa

Hay todo un mundo de asquerosidades bajo tu nariz, tus ojos y tus pies. Y justo cuando pensabas que estabas a salvo... ¡la asquerolosogía se lanzó al ataque! Así es. Para un asquerosólogo de pies a cabeza, no hay lugares sagrados. Además, tu casa es un laboratorio perfecto para la ciencia de las cosas realmente podridas.

Da un paseíto por tu hogar. En cada rincón te espera un descubrimiento inmundo; en cada recoveco y cada hendidura, una sorpresa desagradable.
Incluso en tu cuerpo viven criaturas invisibles y repulsivas. Es hora de enfrentarlo. No tiene sentido esconderse. Es imposible escapar. No se puede salir corriendo o pelear contra eso. La asquerosología empieza por casa.

Pero piensa en esto: una vez que hayas aprendido al dedillo lo que se cuenta en este libro, podrás asquear enormemente a tus amigos y parientes con comentarios del tipo: "¿Sabías que hay un ejército de pequeñas bacterias nadando sobre el mueble de la cocina?" o algo como: "Cuando jalas la palanca del inodoro, una fina lluvia de pipí se esparce por todo el baño".

Cada día, te encuentras con un montón de cosas vomitivas que generalmente no ves. ¡Ya es tiempo de aceptar y de amar lo horroroso de tu hogar!

Anímate. Ábrele la puerta a la asquerosología.

los ácaros  del polvo y sus amigos

Están en todas partes.

Te persiguen... ¡Rápido! ¡Corre! Una pegajosa gotita color café está llegando a tus talones. Logras escapar justo a tiempo. ¡Qué alivio! ¡Noooo! ¡Otra vez! Ahí vienen unos seres verdes, peludos y babosos. **¡Puajjj!** ¿Y ahora? Doblas para esquivarlos cuando, de pronto, el piso se llena de unas cosas duras que se arrastran lentamente. ¡Estás rodeado! **¡¡Socorro!!**

Como impulsado por un resorte te incorporas en la cama. Abres los ojos y te das cuenta de que fue sólo un sueño. Te refriegas los ojos para quitarte las lagañas y piensas: "Empieza otro día asqueroso". **¿Asqueroso?** Bueno, uno nunca sabe con qué se va a encontrar. Te desperezas y, al recordar la pesadilla, te da un escalofrío. Levantas las sábanas de un tirón y metes la cabeza. **No, no hay nada**.

¡Guauuuuu! Es fantástico estar completamente solo en la cama.

En realidad, crees que estás solo. Pero ¿sabes qué? No lo estás para nada.

En este mismo momento, debajo de ti hay millones de minúsculas criaturas de ocho patas, escondidas en tu colchón. Mientras lees estas líneas ellas nacen, comen, dejan sus desperdicios, tienen hijos y mueren. *¡Puajjj!* Quizá sea el momento de pasar a tu mullidísima silla. Mala idea, también están allí. *¿Y qué hay de la alfombra?* Tampoco. La alfombra es el hogar de muchísimas de ellas. *¿Y si me siento en una polvorienta silla de madera con poco uso?* Podría ser. El único problema es que parte de ese polvo está compuesto por los cadáveres y la materia fecal de estas criaturas con armadura, parientes cercanos de las garrapatas, de las arañas y de los escorpiones. *¿Y si me paro sobre el piso de baldosas de la cocina, que está recién lavado?* ¡Ahora sí tuviste una buena idea! Pero, si yo fuera tú, me rendiría, porque los **ácaros** están en casi todos los hogares y en cualquier lugar donde haya muebles mullidos, alfombras o polvo. Sin ir más lejos, la bolsa de la aspiradora es uno de sus lugares favoritos.

Los ácaros del polvo son tan pequeños que varios cientos de ellos podrían vivir cómodamente sobre una pulga. Recién se los descubrió en 1967 (aunque tal vez preferirías que no se los hubiera descubierto nunca).

Desechos de ácaro

En un gramo del polvo acumulado en un colchón viven alrededor de 1480 ácaros. Cada uno de ellos defeca unas veinte veces por día... Recuérdalo cuando te vayas a la cama.

Una cita con los ácaros del polvo

La bolsa de la aspiradora es un lugar ideal para estas criaturas, ya que está repleta de su comida favorita: deliciosas escamas de piel. Cuando los científicos que estudian a los ácaros necesitan material para trabajar, corren a casa a pasar la aspiradora. De paso, la casa les queda impecable.

Los ácaros del polvo no son lo que se dice una "preciosura" según los patrones humanos de belleza. Se parecen a un maní (cacahuate) bañado en caramelo, con ocho patas y dos pinzas. Cada pinza tiene, en uno de sus lados, unos rastrillos pequeños que sirven para arrastrar la comida.

Los cuerpos de los ácaros están cubiertos por una armadura con pelos cortos y gruesos. No tienen ojos, ni orejas, ni nariz. Sólo unos agujeritos por los que comen, respiran, eliminan desechos y se reproducen. Si se pudiera aumentar su tamaño mil veces, los ácaros se verían como las criaturas de una pesadilla o de una película de ciencia-ficción.

En realidad, estos animalitos hogareños no te provocan ningún daño. Son criaturas dóciles que andan sueltas por ahí, pastando todo el día. En realidad, lo que comen no es pasto, sino las escamas sueltas de tu piel.

¡¡Puajjjjj!!!! ¿¿¿¿Escamas de mi piel????

Sí, así es... tu piel muerta es el "pan con mantequilla" de estos animalejos. Todos los días (y todas las noches), miles de millones de escamas se desprenden de tu cuerpo. Mientras tanto, los ácaros del polvo merodean por ahí, a la espera de que una lluvia de escamas les caiga encima. Cuando esto sucede, las juntan con los rastrillos de sus pinzas y se las comen. La corta vida de los ácaros (sólo unas pocas semanas) es sencilla y sin complicaciones: nacen, comen escamas, defecan, quizá dan algunos pasitos muy cortos por ahí, se reproducen, vuelven a comer escamas, vuelven a defecar y, finalmente, mueren.

Bueno, está bien. Hay que admitirlo. Los ácaros del polvo pueden perjudicar a la gente. ¿Cómo? Con sus cadáveres y sus desechos. Muchas de las alergias que sufre la gente son reacciones a la presencia de los restos de los ácaros (y no a los ácaros en sí mismos). Las únicas casas libres de ácaros son, justamente, las de las personas alérgicas al polvo que hacen todo lo posible para eliminarlos.

Pero aunque te pares sobre un piso de baldosas limpio y frío o aunque limpies con frenesí toda tu casa, probablemente no puedas escapar de los ácaros. Están siempre contigo, muy pero muy cerca de ti, porque algunos ácaros viven... ¡sobre el cuerpo!

¿¿En mi cuerpo??

Exactamente. Justo debajo de tu nariz, sobre los pelitos que tienes encima del labio superior. También en tus pestañas y dentro de tus orejas.

Aproximadamente **una de cada diez personas** tiene ácaros prendidos de las pestañas. Estos ácaros con forma de gusano se llaman "ácaros de la piel", más precisamente, ácaros **del folículo**. Un folículo es la parte de la piel donde nace un pelo; es ese pequeño agujerito que está en la base del pelo. Todo tu cuerpo está cubierto de folículos.

Los ácaros de las pestañas eligen vivir en un único tipo de agujero del pelo: los que están, justamente, en la base de las pestañas. ¡Qué exigentes a la hora de buscar un hogar! Lo cierto es que estas criaturas de cuerpo largo se pasan el día entero cabeza abajo en la base de tus pestañas y sólo asoman su nariz por las noches, cuando estás dormido. La noche es el momento ideal para salir a buscar pareja o un nuevo hogar en una pestaña vecina. Y no, no se van con agua y jabón. Y tampoco los asfixia el maquillaje. De hecho, les gustan las cosas grasosas.

Como no todo el mundo tiene estos ácaros, probablemente pienses que estás entre los afortunados. *Sin duda...* Tal vez no estén en tus pestañas, pero quizá tengas otros ácaros de la piel en los pelitos del labio superior o en las cejas. ¡Hasta podrías tener algunos en las glándulas sebáceas de tu cara! *¡¡Algunos?! ¡¡Cuántos?!* Pocos si los comparas con los que viven en la base del pelo. Los que viven en las glándulas sebáceas son muy solitarios: hay un único habitante en cada glándula.

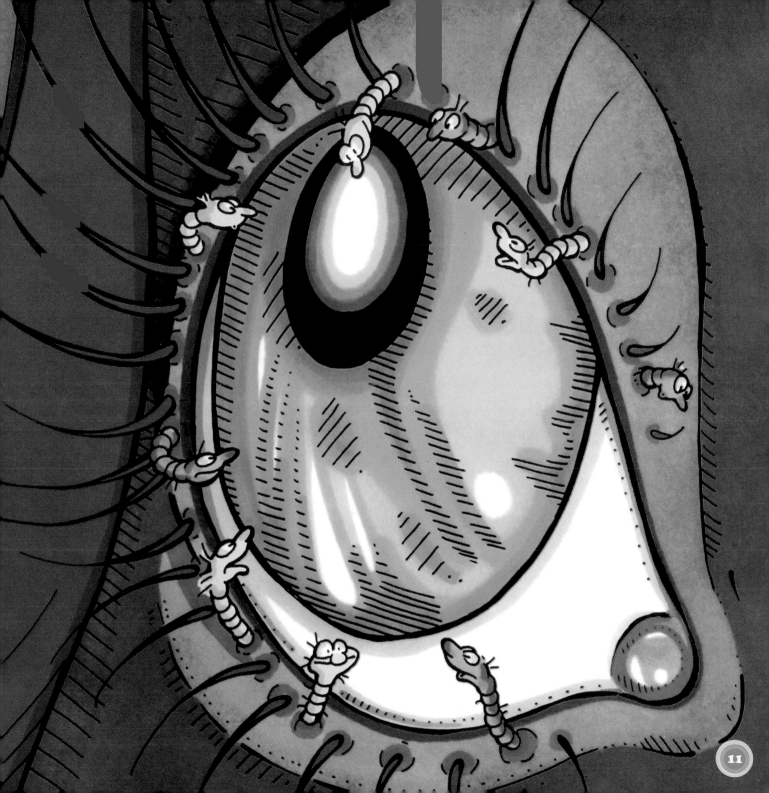

Enfréntalo de una vez. Tu cara es el hogar de al menos alguna de las amigables pero escalofriantes familias de ácaros. En este mismo momento, ellos pasean, se aparean y ponen huevos en tu bello rostro.

Seguro tiemblas de sólo pensar en los ácaros trepándose a tu cama y a tu cara; pero respira hondo y dite a ti mismo: "Los ácaros son mis amigos". Y no pares de repetirlo: "Los ácaros son mis amigos, los ácaros son mis amigos"... Repítelo hasta que vuelvas a caer rendido por el sueño.

Oda al Gran Ácaro

¡Oh, ácaro del polvo que yaces en mi lecho,
y engulles con pasión la piel que yo desecho,
cierto es que si te albergo no me tengo que rascar,
pero sí, y con mucha fuerza, me haces estornudar!

¡Oh, ácaro de la piel que te metes en mis poros
y de allí ya no te vas ni aunque te amenace un toro,
te apareas, pones huevos y al comer nada te para,
pero por suerte y fortuna no defecas en mi cara!

Aun si te afeitaras todos los pelos de la cara, los ácaros seguirían allí. Aunque no tengas ni un solo pelo saliendo de los folículos, los hogares "subterráneos" de estas criaturitas seguirían estando en tu cara.

el **aliento** de Sultán

Estás durmiendo plácidamente. En tu sueño, estás a punto de comer unas riquísimas palomitas de maíz. El plato repleto de estas delicias calientes y crocantes está justo frente a ti. Un calor húmedo y agradable te roza la cara. Te inclinas sobre el plato para tomar un puñado y...

¡Puajjj! ¡Qué olor a podrido!

¡Pooooiink! Tus ojos se abren de par en par y te despides de tu hermoso sueño. Una boca enorme, abierta y jadeante te echa aire caliente, húmedo y maloliente en la nariz.
"¡Ay, Sultán! ¡Sal de aquí!" Tu saludo poco amigable lo hace menear la cola aún más rápido y su aliento rancio se acerca todavía más a tu cara para darte un lambetazo.
"¡Oh, no, socorro! ¡Aliento perruno al ataque!"

Si le dijeras a Sultán que tiene mal aliento, le importaría un rábano. Los perros no parecen notarlo. De hecho, cuando dos de ellos se encuentran, suelen olerse el aliento mutuamente. Esa inspección le informa a cada uno qué fue lo que el otro anduvo mordisqueando. "Sniff, sniff... Fido... ¿dónde dejaste ese hueso?" "¿Y qué hay de ti, Sultán? ¡Parece que encontraste algo sabroso en el cubo de basura!"

14

Cada vez que comes, una pizca de comida queda atrapada entre tus dientes. Esos intrusos hacen que tu boca desprenda un aroma que, a veces, puede delatarte y permitir que tu amigo sepa si comiste una pastilla de menta o una pizza con ajo. Lo mismo sucede con los perros. El problema es que los perros no tienen un paladar tan refinado como el tuyo y pueden elegir entre platos tan sabrosos como carne medio podrida o bosta de caballo.

De todas maneras, el aliento que producen los pedacitos atascados entre los dientes tiene una vida muy corta ya que, cuando el perro come, traga todo de una sola vez. Está claro que la regla "Mastica muy bien cada bocado antes de tragarlo" no es algo que a mamá perro le interese enseñarles a sus cachorros. Además, estos animales tienen los dientes bien separados, por lo que tampoco es mucha la comida que se atasca entre ellos. ¡Qué suerte la suya! ¡No necesitan palillos mondadientes! **¡Ja, ja!** *¡Muy gracioso! Como si pudieran usarlos...*

15

Lo que puede provocar el mal aliento perruno es un problema estomacal. Ya sabes que los perros no suelen ser muy selectivos con su menú y que la comida que está sobre una pila de estiércol les resulta tan atractiva como el sándwich mohoso que olvidaste debajo de tu cama. Y si bien el aparato digestivo de un perro es mucho más eficiente que el de una persona para neutralizar cosas asquerosas, todo tiene un límite. Las incursiones nocturnas de Sultán pueden darle un pequeño dolor de estómago, que sólo notarás cuando te dé un efusivo y babosísimo beso. Este dolorcillo debería durarle un día. Si el mal aliento continúa, consulta con el veterinario.

Sultán debe sufrir constantes dolores de estómago, porque su aliento es siempre desagradable. Si tu perrito necesita pastillas de menta constantemente, mejor fíjate en sus dientes. Pero...

¡¡Cuidado!!
No pruebes esto con un perro al que no conozcas bien.

Si ves manchas color café sobre los dientes de tu mascota, probablemente tenga sarro.
Así es. Al igual que las personas, los perros también pueden tener sarro dental.
Los perros engullen cualquier cosa —o casi cualquier cosa— y casi todo lo que engullen tiene bacterias que se quedan en su boca. Las bacterias visitantes se mezclan con las locales y viven, dejan sus desechos y mueren allí. Los desechos de las bacterias y los restos de comida semipodrida se pegan a los dientes con ayuda de la saliva.
Voilá! ¡Qué aliento hediondo!

El aliento inmundo es más común en algunos perros. Al Boston Terrier, al Bulldog, al Dogo faldero, al Chihuahua y al Caniche Toy se les forma mucho sarro, porque tienen los dientes muy juntos. Y los perros que comen comida enlatada acumulan sarro más rápidamente, porque no mastican cosas duras que les raspen los dientes y los ayuden a eliminarlo. De hecho, las croquetas artificiales y los huesos de nailon son útiles porque los ayudan a limpiarse los dientes.

Jadeo, Jadeo, Jadeo
El aliento de los cachorros es muy interesante (por no decir horripilante). Por suerte, les dura sólo 6 meses, hasta que cambian los dientes de leche por los dientes permanentes.

Grrrrrrrr

Los colmillos, esos dientes largos y puntiagudos que tú y tu perro tienen en la boca, se llaman también "caninos". La palabra "canino" se usa para referirse a todo lo que tenga que ver con los perros. Entonces, también podrías llamar a tus colmillos "dientes de perro".

Bien. Ya le revisaste los dientes a Sultán, tuviste suerte de que no te mordiera y comprobaste que tiene sarro... ¿Qué puedes hacer? Si el problema no es muy serio, prueba a darle unos huesos de nailon y unas galletas duras para que mastique.
O también puedes lavarle los dientes.

¡¡¿¿Cóooomo??!! ¿¿Lavarle los dientes??

Bueno, como Sultán no tiene dedos, no se los puede lavar él mismo.
Puede pasar un tiempo hasta que tú y tu bello perrito se acostumbren a la higiene bucal, así que lo mejor será ir despacio. No utilices tu crema dental, porque es probable que la escupa. Comienza frotándole un diente con un trapo húmedo (si no le gusta, no lo fuerces). Luego, en los días siguientes, prueba con más y más dientes. Concéntrate en las encías, que es donde el sarro se acumula. Y no olvides darle un premio luego de cada sesión dental. Después de un tiempo, puedes probar a utilizar un trapo con pasta de dientes para perros o con un poquito de bicarbonato de sodio. Al terminar, no olvides enjuagarle la boca con agua para eliminar todo el producto limpiador.
Si tu perro decide que esto es divertidísimo, intenta ahora con un cepillo dental. Cepíllale los dientes una vez por semana para que tenga la boca limpia y un aliento refrescante.

Pero si Sultán tiene demasiado sarro acumulado, deberás llevarlo al veterinario para que le haga una limpieza profesional... ¡No, no lo lleves a tu odontólogo, porque el sillón puede resultarle un poco incómodo!

Gracias a Sultán, ahora estás bien despierto. Sultán salta de tu cama y sale de tu habitación empujando la puerta. Sólo queda un leve recuerdo de su aliento.
Bueno, ya es hora de levantarte de la cama...
Pero ¿para qué?

el quesillo del pie

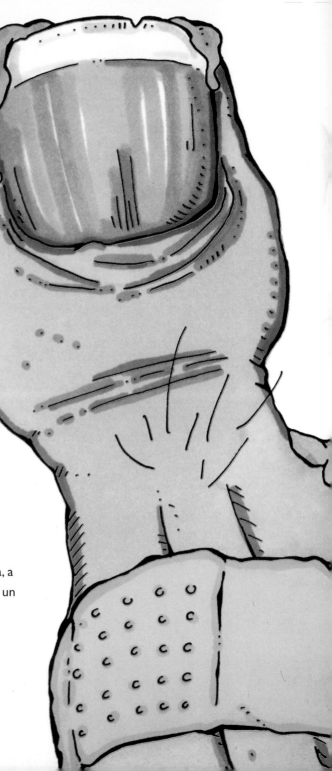

Tan asqueroso como suena.

Miras lentamente a tu alrededor. Sí, todo luce igual que la noche anterior, antes de que te durmieras y antes de esa horrible pesadilla. No se te ocurre nada interesante para hacer, así que piensas en voz alta: "Creo que voy a hacer lo que hago siempre en momentos como éste... juguetear con los dedos de mis pies".

Te desplomas sobre el piso y sacas el alicate del cajón de la mesita de luz. Parece que hace mucho que no jugueteas con los dedos de tus pies, porque tienes las uñas muy largas.

Y mientras te las cortas plácidamente, notas esa cosa asquerosa y olorosa que hay debajo de ellas. ¡El quesillo del pie! (Esa basurita que aparece entre los dedos y debajo de las uñas.)

"Esta cosa es realmente inmunda. Me pregunto qué será."

Cuando te quitas los zapatos y los calcetines después de un largo día, a veces la arrancas sin querer de entre los dedos. Normalmente, tiene un color grisáceo y un olor espantoso. Úntala sobre un pan y agrégale jamón y tendrás un riquísimo sándwich de jamón y quesillo. **¡Mmmmmmm! ¡Delicioso!**

Tus cochinos pies se bañan en un mar de transpiración todos los días. Ese sudor proviene de los poros de tu piel y, en realidad, no tiene ningún olor. Pero tus pies están cubiertos de bacterias y a las bacterias les encanta devorar los ácidos grasos de tu transpiración. Y aquí viene la parte maloliente: las bacterias dejan sus desechos en tus pies y esa porquería se junta, principalmente, entre los dedos y debajo de las uñas. Las bacterias también mueren en tus pies, lo que agrega más tufillo al gran hedor.

Hasta aquí, la parte olorosa de esta historia. Ahora viene la de la basurita grasosa.

La transpiración y las bacterias muertas se mezclan con la pelusa y la suciedad de tus calcetines y tus zapatos... Revuelve y bate un poco y obtendrás ese apetitoso quesillo del pie.

Si observas cuidadosamente el quesillo que se acumula debajo de las uñas, advertirás que es un poco más duro y crujiente que el que se junta entre los dedos. Cuando te paras, ejerces una presión enorme sobre cada uno de tus pies. Imagina cómo quedan después de un largo día de caminar, correr y saltar... ¡Y después de una semana! ¡O después de un mes! Demasiada presión para tus pobres y cansados piececillos.

Cuando caminas, las puntas de tus dedos se apretujan en el frente del zapato. En medio de ese apretujamiento, los ingredientes del quesillo buscan refugio debajo de las uñas. Y así es como la basura se acumula allí y se vuelve más maciza y crujiente a medida que pasan las horas. En otras palabras, el quesillo de las uñas no es otra cosa que quesillo de los dedos bien compactado.

Este quesillo no daña tus pies, pero los deja muy olorosos... ¿La solución? Muy sencilla: no uses zapatos. En los pies descalzos o con sandalias el sudor no se acumula. Y al no haber sudor, las bacterias no crecen. En ese caso, el material quesero es, principalmente, una acumulación de suciedad y de células muertas de la piel. Esto es menos maloliente pero igual de asqueroso.

Como es imposible que puedas andar descalzo o con sandalias todo el tiempo, lo que debes hacer es lavarte los pies y cortarte las uñas regularmente. Pero... ¡cuidado! No las cortes en forma de media luna sino en línea recta, porque si les curvas las puntas, las uñas pueden encarnarse. Pero esa es otra historia...

Dejas el alicate en su lugar, y mientras admiras la obra de arte que hiciste en tus pies, una sensación de incomodidad que conoces bien reclama tu atención y sales de la habitación como impulsado por un cohete.

23

el inodoro

Todo lo que siempre temiste preguntar.

Te precipitas por el pasillo, mientras ruegas: "Que no esté ocupado, que no esté ocupado...". Finalmente llegas y... ¡sí, la suerte te ha favorecido! No hay nadie allí. Estás tan urgido que casi ni puedes aguantarte.

¡¡¡¡Ahhhhh!!!! ¡Qué alivio!

Después de aliviarte en el inodoro, probablemente jalas la palanquita y no vuelves a pensar en ello, a menos que un intenso y profundo aroma te lo recuerde durante unos instantes.

¿Y tú cómo lo dices? Según dónde vivas, dirás:

"Apretar el botón"
"Jalar la palanca"
"Tirar la cadena"

Bueno, pero debes saber que esto de hacer fluir el agua no es algo tan simple.

En primer lugar, cuando aprietas el botón, el agua del inodoro forma un remolino que, al girar, esparce una finísima lluvia por todo el cuarto de baño. Esta lluviecita contiene pequeñísimas gotas de pipí y, quizás, hasta algunas moléculas de materia fecal. Si tu cepillo de dientes no está guardado en un lugar cerrado, la fina lluvia podría posarse sobre él.

¡¡Puajjjjjjjj!!

Y eso no es todo. Algunas de estas gotitas pueden contener virus o bacterias. Se calcula que algo así como 60 000 gotas contaminadas vuelan por el aire cada vez que aprietas el botón. Éstas flotan por aquí y por allí durante varias horas y finalmente aterrizan en las paredes, en las canillas, en el papel higiénico, en todas partes. Las apestosas criaturitas pueden vivir varios días en sus pequeñas burbujas. Si tocas una de estas burbujas, podrías enfermarte.

¿Y, entonces? ¿Será mejor que no apriete el botón nunca más? No.

Simplemente, lávate bien las manos después de hacerlo, tal como te enseñaron. Y asegúrate también de que el cuarto de baño se limpie concienzudamente varias veces a la semana.

Estado turbulento

La próxima vez que aprietes el botón, fíjate qué sucede con el agua. ¿Gira en el sentido de las agujas del reloj o en sentido contrario? Si vives por encima de la línea del Ecuador, el agua siempre girará en sentido contrario al de las agujas del reloj. Pero si tu hogar está debajo de la línea del Ecuador, el agua se arremolinará en el sentido de las agujas del reloj. Interesante, ¿no?

Posaderas a botonera

En Alemania, algunos inodoros vienen equipados con un botón para abrir el asiento. Muy confortable, siempre y cuando no se trabe el botón. ¡Je, je!

En sus asientos, listos... ¡ya!
Si quieres pasar un momento inolvidable, participa de las carreras de inodoros de Montreal, Canadá. Allí, los alumnos de la Universidad de Concordia preparan unos "retre-móviles" muy sofisticados y llamativos.

Una vez que el agua arremolinada desaparece de tu vista, se reúne con el agua de los platos sucios, la de la ropa sucia y la de la ducha (o regadera). **¡Qué hermosa reunión!**

Si vives en una ciudad o en un pueblo, el agua residual de tu casa se combina con el agua sucia de toda la zona. O sea que la reunión es todavía más concurrida. El agua sucia fluye por las tuberías hasta que llega a una planta de tratamiento de aguas residuales —también conocida por algunos como "fábrica de excrementos"–.

En la planta, esta agua desagradable va a parar a un tanque de sedimentación. Allí, los desperdicios grandes —la materia fecal, el papel higiénico, los trozos de comida y la suciedad— se van al fondo. A todo lo que se deposita en el fondo del tanque se lo conoce como **residuo** o **lodo**. Ese lodo se envía a otro tanque llamado **digestor**, que está repleto de bacterias. Las bacterias adoran el lodo y se lo devoran en un santiamén.

"¡Mmmmmmmm! ¡Lodo... mi favorito!" (se escuchan gases y eructos).

Durante el festín, las bacterias transforman la mayor parte del residuo en dióxido de carbono y gas metano. El dióxido se libera al aire y el metano se utiliza como fuente de energía para hacer funcionar la planta de tratamiento. Ahora, a lo que queda del residuo se lo llama "licor mezcla". El líquido que está en el licor se extrae y se lo vuelve a tratar, y luego se lo usa para riego o se lo vierte en los ríos y en los lagos locales. No temas: esta agua **está limpia en un 95%**.
Volviendo al licor, las bacterias que quedaron allí son eliminadas y el licor se puede utilizar como fertilizante para plantas. ¡Y tú que pensabas que la materia fecal desaparecía por completo con sólo apretar el botón!

Los excluídos

No todos los excrementos de todo el mundo asisten a la reunión en la planta de tratamiento. Algunas personas que viven en áreas rurales tienen unos tanques pequeños que funcionan como miniplantas de tratamiento. La gran diferencia es que el agua se descarga en la tierra. Esto no genera ningún inconveniente, siempre y cuando el pozo del agua que se utiliza para beber esté bien alejado del tanque. El residuo de estos tanques se bombea periódicamente. Si estás allí de visita, y si lo deseas, puedes ayudar a descargar los tanques.

Hay personas que no utilizan ni una sola gota de agua cuando hacen sus necesidades. Esta gente usa una **letrina**. Una letrina no es otra cosa que un pozo profundo en la tierra, al que se le ha puesto un asiento de inodoro y se le ha construido una pequeña casita alrededor. La olorosa producción de una familia integrada por cinco personas tardaría unos diez años en llenar un pozo de dos metros y cuarenta centímetros de profundidad.

Hasta no hace muchos años, las letrinas eran algo muy común e incluso hoy hay muchas de ellas en distintas partes del mundo. De hecho, cerca del **40 por ciento** de la población mundial todavía sienta sus posaderas en estos tronos. En algunos lugares, el pozo se cubre con tablas o ladrillos que dejan al descubierto sólo una pequeña abertura. Este modelo **no viene con asiento incorporado** por lo que los usuarios tienen que ponerse en cuclillas y hacer sus necesidades directamente sobre el agujero... y con mucha puntería.

En algunos países que sí tienen sistema de descarga, como Japón, tambien usan el agujero en el piso, sin ningún tipo de asiento. Una vez terminada la misión, sólo es cuestión de apretar el botón.

La letrina se usa mucho en el Tíbet, en China. Pero en lugar de hacer un pozo, construyen una tubería que baja desde el cuarto de baño, ubicado en el piso superior, hasta el suelo. Al ser tan largo, el "pisycacaducto" tarda mucho en llenarse.

La pregunta del millón es: ¿Qué pasa cuando el conducto finalmente se llena?

Excrementos útiles

Una solución de alta tecnología a las letrinas tradicionales es el baño seco. Este tipo de inodoro, que no utiliza agua, transforma la materia fecal en abono. Algunas personas lo eligen para sus cabañas de fin de semana y otras –no muchas– lo usan en sus hogares.

Este tipo de inodoro, que se coloca dentro de la casa, trae un asiento, debajo del cual se ubica un tambor o área de almacenamiento. Después de usarlo, no hay que echar agua en el agujero, sino ceniza, arena o musgo de pantano. En este último caso, el aire, las bacterias y el musgo convierten la orina y las heces en abono. Cuando llega el momento de vaciarlo, lo que se huele no son excrementos, sino suciedad.

Ese abono puede utilizarse en el jardín. La mayoría de las personas creen que esta materia fecal reciclada no debería utilizarse para abonar los alimentos que crecen bajo tierra, pero en China se lo utiliza comúnmente como fertilizante para los sembradíos.

O sea que... ¿Quién sabe?

"Cacaducto" arriba

Allá por los tiempos de reyes, reinas y castillos, los conductos de excrementos como los que hoy se encuentran en el Tíbet eran muy comunes. Cuando un castillo era atacado, estos tubos largos se convertían en la puerta de entrada ideal para los invasores (¡pobre del soldado al que le tocaba esa oscura misión!). Por esa razón, con el tiempo, estos conductos fueron eliminados. ¡Una buena manera de evitar los ataques por la retaguardia!

No importa si se va con el agua, se entierra o se cubre de musgo. Primero, debes sacártela de encima. Para la mayoría, el papel higiénico es el limpiador por excelencia. Pero, en realidad, este adminículo no apareció sino hasta hace poco más de 100 años, cuando los hermanos Scott lo inventaron en 1879. Y, en sus comienzos, no fue un éxito de ventas en absoluto. ¿Para qué gastar dinero en eso, cuando podían usarse los catálogos y los periódicos viejos? Y, a falta de papel, la cuestión podía solucionarse con las hojas de alguna planta o con un trapo viejo.

A decir verdad, el papel higiénico no se consigue en todo el mundo, de modo que los viejos métodos siguen estando vigentes. En algunos países, la gente se limpia con la mano. Y en algunas culturas se come sólo con la mano derecha, porque la izquierda se usa justamente para limpiarse.

Algunas personas sostienen que el cuerpo humano fue "diseñado" para aliviar su pesadez en cuclillas y que, si uno se agachara, normalmente no habría nada que limpiar. Pero como la mayoría elige sentarse... ¡bienvenido el papel higiénico!

Con gran alivio, terminas lo que estabas haciendo y estiras la mano hasta alcanzar el botón. Echas un vistazo a tu cepillo de dientes. Está muy cerca del lavamanos. Dudas, lo piensas dos veces y finalmente, antes de apretar el botón, bajas la tapa del inodoro.

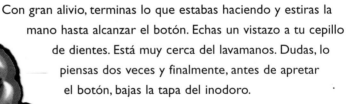

El lugar adecuado

La ubicación apropiada del portarrollo es de 66 a 76 centímetros por encima del piso, a la izquierda del inodoro y unos centímetros por delante de la línea que forman tus rodillas. Inspecciona los baños que visites. ¿Están los portarrollos en su lugar?

La prueba del papel higiénico

Qué necesitas:

Papel higiénico de diferentes marcas, agua, un gotero, una docena de tornillos o tuercas grandes.

Qué debes hacer:

Elige uno de los rollos, corta tres cuadrados y apílalos para obtener uno de tres capas. Haz lo mismo con el resto de los rollos. Con el gotero, pon una gota de agua en cada cuadrado de tres capas. Levanta la primera capa de cada cuadrado y fíjate si el agua pasó a la segunda capa. Si así fuera, fíjate qué pasó en la tercera capa. En los casos en que no se haya mojado la tercera capa, sigue agregando gotas de agua hasta que lo consigas.

Clasifica los papeles higiénicos de acuerdo con su capacidad de absorción: el primero que dejó pasar el agua a la tercera capa es el menos absorbente; el último, el más.

Para clasificar la resistencia, corta un cuadrado de cada marca y humedécelo en el centro. Coloca un tornillo o una tuerca sobre cada uno. Levanta cada cuadrado desde las puntas. ¿Se rompen? Continúa agregando tornillos o tuercas hasta que alguno se rompa al levantarlo. El primero que se rompa será el menos resistente, y el último, el más fuerte.

caries

Una situación putrefacta.

Tomas tu cepillo de dientes, estrujas el tubo de pasta dental y cubres el cepillo con ese detergente blanco tiza que luego te pasas por los dientes.

En la Antigua Grecia, un médico llamado Hipócrates aconsejaba a sus pacientes moler un poco de mármol y cepillarse los dientes con ese polvo. Puedes imaginar que sus consejos no gozaban de gran aceptación.

Si odias ir al dentista, seguramente preferirías haber vivido antes de que los "sacamuelas" existieran. En realidad, si hubieras nacido hace miles de años quizá no los habrías necesitado.

La mayoría de los cráneos provenientes de tumbas milenarias ostentan una preciosa dentadura. Los dientes están gastados, pero sus dueños parecen decir orgullosos: **"¡Mira, no tengo ni una caries!"**.

¿Quééééé? ¿Las caries no se habían inventado aún? No, lo que no se había "inventado" aún eran los dulces y el azúcar refinada. Hace miles de años, el único azúcar que se comía era el de las frutas y el de la miel. Las caries hicieron su entrada triunfal después de que el azúcar comenzara a cultivarse, molerse y engullirse. Aún hoy, en aquellos países donde no se consume demasiada azúcar, la mayoría de la gente llega a vieja con unos dientes muy saludables.

¡Pero yo no como dulces e igual tengo caries! La culpa es de la saliva. Esa sustancia que a veces escupes descompone los hidratos de carbono del pan, de los fideos y de las galletas para formar azúcar. **En realidad,** no es exactamente el azúcar lo que te causa las caries, sino el ácido. **¿Ácido? Que yo sepa, no voy por ahí comiendo ácido... ¿cómo llega el ácido a mi boca?** A ti te gustan los dulces, ¿verdad? Bueno, en tu boca viven bacterias que disfrutan de los dulces tanto como tú. Cuando comes un dulce, algunos restos diminutos se pegan a tus dientes y hacen las delicias de las bacterias. Estas criaturitas mastican esos minidulces y, al hacerlo, producen ácidos.

Una vida limpia

Aunque coman kilos de azúcar, los animales que viven en lugares sin gérmenes nunca tienen caries. El problema es que el único lugar en la Tierra que puede estar libre de gérmenes es una habitación especialmente controlada dentro de un laboratorio.

¿Sabor a menta fresca?

A comienzos de 1800, la gente usaba un polvo dental casero que se hacía moliendo cáscaras de huevo quemadas junto con escamas de pescado.

La pequeñísima cantidad de ácido que liberan las bacterias después de una dulce comida ataca la parte más dura de tu cuerpo: el esmalte dental. El ácido es tan corrosivo que hace pequeños agujeros que, a la larga, se transforman en cráteres. Una vez comenzado el ataque, es imposible detenerlo. A menos, claro, que vayas al dentista.

Este profesional elimina la parte infectada, putrefacta y asquerosa del diente con un torno de alta velocidad, que gira a **100 000** revoluciones por minuto. Recuerda el ruido y el olor del torno cuando gira sobre tus dientes. ¿Asustado? No es para tanto. Una vez que la parte espantosa del diente es removida, el odontólogo rellena el hueco con metal o con plástico y ya puedes irte a casa.

Al volver del dentista, la pregunta habitual es: "¿Cuántas caries tenías?". Si sigues estas instrucciones, seguramente podrás responder orgulloso: "Ninguna".

1. Cepíllate los dientes muy bien después de cada comida.

2. Utiliza hilo dental para llegar a los lugares difíciles de alcanzar con el cepillo.

3. No comas muchos dulces.

Escupes la mezcla de pasta dental y saliva y te enjuagas la boca. Después de un lavado rápido, estás listo para enfrentar el día... ¿Lo estás? Al guardar la pasta en el botiquín, ves algo nuevo dentro de él. **Algo que llama mucho tu atención.**

Caries al día

Qué necesitas: Un diente que no esté unido a ninguna boca (si no tienes ninguno a mano, puedes utilizar cáscara de huevo), una botella de bebida cola, una taza, un calendario y algunas semanas de paciencia.

Qué debes hacer: Sirve un poco de bebida cola en una taza y pon allí el diente. Marca la fecha en el calendario. Observa el diente varias veces a la semana, durante algunas semanas. ¿Notas el trabajo que hace el ácido sobre tus dientes? ¿No crees que sería bueno cepillarlos frecuentemente?

hemorroides

Dura como asteroides.

Lo que llamó tu atención dentro del botiquín es un tubo de crema para las hemorroides. Lo sacas. Cierras la puerta, te miras en el espejo, levantas el tubo y repites lo que dice el comercial de TV: "Para aliviar el dolor, la picazón y el ardor...". Miras el tubo con asco. "¡¡Puajj!! ¡Auch! ¡Hemorroides!" Estás segurísimo de no querer tenerlas. Pero... ¿qué son en realidad?

Las hemorroides o almorranas se producen cuando se hinchan las venas del ano. Sólo se forman en las personas (¡el trabajo de quien haya averiguado eso no debe haber sido nada gratificante!).

Existen dos tipos de hemorroides: las internas, que se encuentran dentro del área del orificio anal, y las externas, que se desarrollan bajo la piel, a la entrada del ano. Estas últimas lucen como bultos morados o azules que se amontonan alrededor de la abertura.

Papel higiénico al rescate

En 1885, una empresa lanzó al mercado un papel higiénico con un tratamiento químico especial que prometía ser la solución a los problemas de hemorroides. El aviso publicitario aseguraba que el uso continuo producía un alivio permanente. Fue todo un engaño.

Algunos expertos en el tema calculan que más del 90% de las personas que viven en el mundo moderno sufrirá de hemorroides alguna vez. O sea, casi todas. Pero son más comunes en los mayores de 50 años y en las embarazadas. Suele ser fácil saber si tienes hemorroides, porque te duele al defecar y porque tal vez encuentres unas gotas de sangre en el papel higiénico después de limpiarte. Y el resto del tiempo, te pica y te arde el trasero. ¡Nada divertido!

Como la leche y las galletas, las hemorroides y la constipación van de la mano. Y dicho sea de paso, una dieta con mucha leche y galletas puede ser la causa de este problema trasero.

Después de digerir tu comida, los desechos se acumulan en la última parte del colon (el tramo final del intestino grueso). Allí se almacenan y forman las **heces** (materia fecal), que permanecen allí hasta que las despides en el inodoro.

Si las heces no contienen mucha fibra o son muy pequeñas, se quedan en el colon más tiempo que el habitual. Y cuanto más tiempo estén allí, el colon extraerá más agua de ellas. ¿Adivinas el resultado? Excrementos compactos y duros.

La materia fecal endurecida no sale fácilmente y debes hacer fuerza para empujarla hacia afuera. Esta presión debilita las venas que están debajo de la piel, que se hinchan y forman las hemorroides. Las heces duras raspan estas venas hinchadas y las empujan hacia abajo. Esto puede causar que las hemorroides se asomen por el ano.

Hinchazones históricas

Los romanos también sufrían de hemorroides. Quizás hasta el mismísimo Julio César las tuvo. Para describirlas, utilizaban la palabra "*pila*", que en latín significa "bola". De allí proviene la palabra inglesa "*pile*", que, en plural, se usa para referirse a las hemorroides.

Lo tranquilizador del caso es que la mayoría de las hemorroides no son muy dolorosas y, por lo general, no necesitan tratamiento. Si no es así, el dolor puede aliviarse con compresas frías o con vaselina. Pero las hemorroides menos amigables deben operarse. Lo malo es que deshacerse de ellas no es muy agradable que digamos.

En las operaciones de hemorroides internas, éstas se atan con pequeñísimas bandas elásticas. Al cabo de un tiempo, las hemorroides se secan, se desprenden y salen (bandas elásticas incluidas) junto con la materia fecal. Otros métodos más sofisticados incluyen inyectar sustancias químicas, o cauterizar (quemar) las venas con láser, electricidad o calor.

¿Cuál prefieres?

Evitar las hemorroides es más fácil que tenerlas. Lo único que debes hacer es comer regularmente verduras crudas, frutas y fibras y no desoír los llamados de la madre Naturaleza. O sea que... ¡a no aguantarse las ganas de ir al escusado! Finalmente, no te esfuerces. En otras palabras, relájate y disfruta de tus estadías en el inodoro.

¡Esto era lo último que me faltaba! ¡Como si esta mañana hubiese sido poco asquerosa!

Vuelves a poner el tubo en el botiquín. *Mejor ni pregunto quién se compró esta cosa.* Te preparas para lavarte la cara, cuando un vaho inmundo llega a tu nariz.

Sniff, sniff, ¡puajjjjjjj!

Hemorroides ilustres

Napoleón, el gran emperador francés que conquistó una buena parte de Europa, es muy famoso, entre otras cosas, por su particular postura. Solía pararse con una mano sobre el pecho, que deslizaba entre los botones abiertos de su chaquetilla. El ocaso de Napoleón llegó con su derrota en la batalla de Waterloo, en 1815. Puede que parte de esa derrota se debiera a un "ataque" de hemorroides. Aunque no hay registros médicos de aquella época, todo sugiere que el emperador las padecía y que el dolor podría haberlo afectado en la lucha. Probablemente, Napoleón estaba más preocupado por su retaguardia que por lo que sus tropas hacían en el frente de batalla.

las heces de Michi

El secreto del tesoro escondido.

Vas caminando cuando escuchas un "scratch... scratch" a tus espaldas. Te das vuelta justo a tiempo para ver a Michi escabulléndose del baño, después de realizar su ritual matutino.

¡¡¡Puajjjjj!!! ¿Por qué tenía que hacerlo justo delante de mí?

Inspeccionas la bandeja donde Michi hace sus necesidades y... ¡sí!, allí está: una montañita de excrementos, fresca y a medio tapar.

A diferencia de las personas, los gatos entierran sus desechos. Los gatos salvajes tienen todo solucionado: cuando reciben el llamado de la Naturaleza, buscan un lugar privado, cavan un hoyito, se encorvan, hacen sus necesidades, las olfatean un poco, las cubren con tierra y después siguen su camino. Lo mismo pasa con los gatos vagabundos, que tienen todo un vecindario a su disposición y a menudo buscan un lugar con tierra blanda, como un jardín, para realizar este ritual gatuno.

Pero el gato doméstico tiene que someter sus instintos naturales a una solución humana: el "baño del gato" o bandeja sanitaria para gatos. Esta caja funciona bien para la mayoría de los gatos, aunque algunos rebeldes prefieren la tierra de las macetas o el piso del comedor. Sin embargo, si la bandeja se mantiene limpia, casi siempre se puede entrenar a los renegados para que se acostumbren a usarla.

Año tras año, los amantes de los gatos gastan fortunas en artículos de tocador para sus mininos: bandejas sanitarias, bolsas de nailon para cubrirlas, palitas para juntar las heces y piedritas sanitarias. Un verdadero gato-shopping.

Para que lo sepas
Los gatos domésticos hacen pipí de dos a cuatro veces por día.

40

A la hora de ir al baño, Michi es realmente impecable. Nunca deja sus heces por ahí, sino que las deposita cuidadosamente en un agujero. Y cuando termina, las cubre delicadamente con las piedritas sanitarias (aunque, a veces, éstas terminan desparramadas por todo el piso).

A la hora de elegir un baño, es asombrosa la cantidad de opciones que existen. La primera decisión es: ¿con o sin techo? Algunas personas piensan que los gatos lo prefieren con techo, porque les da más privacidad. El problema con estos baños techados es que, como uno no ve lo que hay allí, no piensa demasiado en ellos. Entonces, el pobre Michi termina con excrementos hasta la rodilla, porque te olvidas de cambiar las piedritas. En realidad, si esta situación se prolonga, es muy probable que Michi opte por hacer sus necesidades en el sillón de la sala para llamarte la atención. De modo que puedes comprarle una caja con techo sólo si estás seguro de que te mantendrás atento a sus necesidades fisiológicas.

Si no, elige una sin techo. Y que sea bastante grande porque, de lo contrario, tu minino podría terminar haciendo sus cositas fuera de ella, lo que haría que te preguntes para qué la compraste.

Inodoros de última generación

Los avances de la tecnología han llegado también al terreno de los baños gatunos. Hoy se puede conseguir una caja "auto-limpiante" que detecta las heces y las saca automáticamente. ¡Qué moderno!

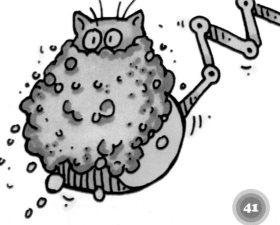

A la hora de elegir el material sanitario para el baño, debes tener en cuenta tres cosas: la textura, la capacidad de aglomeración y el perfume. Lo más importante es que Michi se sienta cómodo al apoyar sus patas sobre él porque, si no, no va a querer usar su baño. Hay diferentes materiales: virutas de madera, piedritas de arcilla, papel reciclado, tierra o arena. Las personas que prefieren materiales caseros utilizan trozos de papel o tierra del jardín.

Entonces... ¿cuál elijo?

¡Atención! Una vez que te hayas decidido por uno, ni se te ocurra cambiarlo. Si llegas a comprarle otro, es posible que Michi decida dejarte una sorpresa en la bañera en señal de protesta.

¿Aglomerantes o no aglomerantes? Ésa es la cuestión... para las personas, porque al minino no le importa en lo más mínimo. Algunos fabricantes aseguran que sus productos absorben la orina y se hinchan. Así, puedes recoger las bolitas hinchadas con pis en lugar de cambiar todo el material de la bandeja. De modo que, si esto de levantar bolitas de pis te divierte, inclínate por un material de ese tipo.

Y, finalmente, está el tema del olor. Algunos materiales sanitarios contienen sustancias químicas que neutralizan el olor... por un rato. Pero si no quieres perfumar tu casa con un exquisito aroma a pipí de gato, cambia el material sanitario regularmente.

Michi en el trono

¿Deseas enseñarle a tu gato a hacer sus necesidades en el inodoro? Si es así, puedes comprar un pequeño equipo de entrenamiento que te ayudará en la tarea. Pero eso sí, Michi será incapaz de apretar el botón al terminar, así que deberás hacerlo tú.

La palita "quita-heces", que no es más que una espátula con agujeritos, es un invento muy práctico porque te permite deshacerte de las heces sin ensuciarte y sin desperdiciar las piedritas sanitarias.

Lo ideal es que vacíes la bandeja sanitaria una vez por semana. Lávala con cloro (lavandina) o con vinagre y luego cambia el material usado por material limpio. Las mujeres embarazadas y las personas que tienen problemas inmunológicos no deberían realizar esta tarea porque existe una pequeña posibilidad de que contraigan toxoplasmosis, una enfermedad que se transmite, entre otras formas, a través de las heces de los gatos. Tampoco utilices limpiadores con mucho amoníaco porque, como éstos huelen a pipí rancio, Michi podría decidir que su baño huele muy mal y que sería mejor usar tu cama.

cuca-rachas

Unas compañeras muy limpitas.

Corres hacia la cocina. Es hora de desayunar. "Veamos... cereales azucarados supercrujientes. ¡Deliciosos!" Abres la alacena y...
"Ajjjj, una cucaracha. ¡Qué asco!"
Te dispones a aplastarla pero, veloz como el rayo, la cucarachara desaparece en un santiamén.

A la mayoría de las personas le desagradan enormemente estos insectos. Pero ¿por qué? *Porque son sucias, por supuesto.* En realidad, las cucarachas son bastante limpias y, si pudieran hablar, tal vez dirían que las sucias somos las personas. Siempre mantienen sus antenas relucientes (se las lamen constantemente y así las lustran con saliva), porque éstas cumplen una misión muy importante: son sus sensores del tacto y del gusto.

Si tan sólo tuviera un cerebro
En lugar de estar centralizado en la cabeza como el tuyo, el sistema nervioso de la cucaracha se reparte por todo el cuerpo. Y es por eso que, si llega a perder la cabeza, puede seguir viviendo hasta ¡10 días!

A diferencia de otros animales, el pipí de las cucarachas poco tiene que ver con el desagrado que éstas producen. De hecho, estas criaturas no hacen demasiado pis: se lo guardan para tiempos difíciles. Su pipí, o ácido úrico, queda almacenado en un lugar llamado **cuerpo graso**, que está en la parte trasera de su cuerpo. Estos insectos pueden vivir varias semanas sin comer, justamente porque aprovechan algunas de las sustancias que están en el pis y que les sirven de alimento en épocas de hambruna.

Las ciudades más "cucarachosas" de los Estados Unidos

Los estadounidenses invierten alrededor de 300 millones de dólares al año en cucarachicidas. La ciudad de Los Ángeles es la que más gasta, Nueva York ocupa el segundo lugar y le siguen Houston, Dallas y San Antonio.

Los restos de comida, los botes de basura y los platos sucios representan un verdadero festín para una familia de cucarachas. Estos insectos son capaces de devorar prácticamente cualquier cosa: desde la grasa de la pared de la cocina hasta los restos de transpiración en una zapatilla, pasando por unos bocados de materia fecal. Aunque, a decir verdad, prefieren la "comida casera", como las galletas de chocolate, el pan blanco y las papas hervidas.

Aunque las cucarachas no son venenosas ni peligrosas, pueden enfermarte. ¿Cómo? Estos insectos esparcen por todas partes las bacterias y los gérmenes que recogen durante sus viajes de turismo gastronómico, que pueden comenzar en el baño de Michi, seguir por el bote de basura y terminar en las frutas que están sobre la mesa. ¿Te molestaría comer una deliciosa manzana cubierta con bacterias especialmente traídas por las simpáticas cucarachas que habitan en tu hogar?

¿Una cucaracha de mascota?

En Australia, un entomólogo (un científico que estudia los insectos) ganó alrededor de 500 dólares al mes vendiendo como mascotas parejas de cucarachas gigantes. Cada pareja costaba 50 dólares.

Bueno, las cucarachas no serán tan sucias, pero siguen siendo asquerosas. Además, hay tantas caminando por ahí... Y sí, hay más de 3500 especies de cucarachas deambulando por todo el mundo, con excepción, quizá, del continente Antártico. La mayoría evita a los seres humanos y vive en cuevas o debajo de los troncos de árboles caídos. Pero hay algo así como unas 35 especies a las que parecemos caerles bien o, al menos, a las que les agrada nuestro estilo de vida. Las especies que andan merodeando por las cocinas o los restaurantes a altas horas de la madrugada son cuatro: la cucaracha alemana (a la que los alemanes curiosamente llaman "cucaracha francesa"), a la que incluso se vio a bordo de algunos aviones; la cucaracha oriental (mal llamada "escarabajo negro") que tiene aproximadamente 2,5 centímetros de largo y es de color negro brillante; la cucaracha americana, a quien le agradan los restaurantes, las panaderías y los almacenes; y la cucaracha de bandas café, que se destaca por volar maravillosamente bien.

Grandes y comunicativas
La cucaracha silbadora de Madagascar es grande como un ratón y, tal como su nombre lo indica, es capaz de silbar.

Otros tipos de cucarachas incluyen...

¡Basta! Cuando dije que hay tantas cucarachas, me refería a la cantidad y no al tipo, porque tengo entendido que les encanta andar en grupo. Sí, efectivamente, son animales muy sociables. Las cucarachas alemanas liberan una sustancia que atrae a sus compañeras a montones. A sus parientes orientales también les gustan los grupos numerosos: puede haber montones de ellas sobre una pared y cuando se reúnen en el suelo puede llegar a haber hasta treinta. ¡Craaach! Treinta de un pisotón. ¡Una delicia para tu zapato!

Aunque sólo encuentres un par de cucarachas vagando por tu alacena, ese número pronto aumentará si se trata de un macho y una hembra. Al cabo de un año, tu bello hogar estará plagado de estos animalillos. "Mami, ¿quién se terminó mis galletas?"

Aunque te cueste creerlo, las cucarachas habitaron la Tierra antes que los dinosaurios. Están entre los animales más exitosos, porque pueden adaptarse a casi todo. En otras palabras, es casi imposible deshacerse de ellas. El veneno que las mata también puede dañar nuestra salud y por eso debe utilizarse con mucho cuidado.

La mejor manera de alejar a las cucarachas es limpiar, limpiar y limpiar y mantener tu hogar lo más seco posible. Si esto no da resultado, intenta cazar algunas y véndelas como mascotas.

Aunque ahora sé más sobre ellas, no dejan de repugnarme.

Dejas el cereal para otro día y cierras la puerta de la alacena. "Esa cucaracha debe haberse colado entre las compras del mercado." Caminas hacia la heladera. "Con un vaso de leche y un pan tostado no debería tener problemas."

Hotel para cucarachas

Qué necesitas:

Una o dos cucarachas vivas, un plato desechable, vaselina sólida, un frasco grande con orificios en la tapa, un recipiente pequeño, agua y varios tipos de comida.

Qué debes hacer:

Primero, prepara tu trampa para cucarachas. Unta el plato con vaselina y agrégale unos trocitos de alguna comida apetitosa (por ejemplo, pan blanco o galletas de chocolate). Luego busca un lugar donde creas que puede haber cucarachas. Si no aparece ninguna al cabo de un tiempo, fíjate donde haya madera apilada o cerca del bote de basura de algún restaurante. Trata de no anunciar tus planes a los comensales, para no arruinarles el almuerzo.

Mientras esperas, prepara el nuevo hogar de tus cucarachas. Haz unos agujeros en la tapa del frasco y coloca el pequeño recipiente con agua dentro de él. También puedes decorar la casita con escondites hechos con palitos o con trocitos de cartón. Controla tu trampa para cucarachas en la mañana. Cuando hayas atrapado alguna, colócala dentro del frasco. Déjala acostumbrarse a su nuevo hogar. Te darás cuenta de que se ha calmado cuando deje de moverse frenéticamente. Ponle un nombre y dale distintos alimentos para averiguar cuál prefiere. Trátala con cariño y no la sueltes dentro de tu casa.

comida podrida

No es lo que tú crees.

Definitivamente, un pan tostado y un vaso con leche es una buena idea. Sacas el pan del refrigerador y tomas una rebanada. Al ponerla en el tostador, notas algo extraño. Unos puntos verdosos y azulados asoman de la superficie. **"¡Puajjj, el pan tiene moho!"**

Tras una observación más cuidadosa, ves la capa de pelusa que lo cubre. ¡Está todo podrido! Decides arrojar el paquete completo al bote de la basura.

Ahora es el turno de la leche. Abres el cartón y llenas el vaso. "¡Ajjjj!", gritas, frunciendo la nariz. En el vaso hay unos grumos de leche cuajada.

Como si no hubiera tenido suficientes asquerosidades por hoy.

Veamos. Las bacterias están en todas partes. Entonces, ¿qué les impide instalarse en tu comida? Nada. Bueno, casi nada. Las comidas realmente calientes o verdaderamente frías no son su manjar predilecto. Y, puestas a elegir, prefieren la carne o los lácteos a las verduras.

La comida que queda fuera del refrigerador es presa fácil para las bacterias, que enseguida comienzan su festín. Después de un rato, el pollo que dejaste sobre la mesa está repleto de ellas. Cuando lo guardas nuevamente en el refrigerador, el frío retarda el crecimiento de las bacterias, pero no lo frena. Después de algunos días sacas el recipiente con el pollo, levantas la tapa y ¡Puajjjjj!, el olor rancio te da ganas de vomitar.

En realidad, esta sensación de asco es muy saludable, porque, de esta manera, tu cuerpo te avisa que no debes comer ese pollo podrido. Entonces, lo arrojas a la basura, donde las bacterias continúan alegremente su tarea.

Se dice que "la comida se ha echado a perder". Sin embargo, esto tiene un lado positivo: las bacterias ayudan a que la comida se descomponga y, cuando esto sucede, vuelve a la tierra transformada en abono.

Pero en tu hogar esto no tiene nada de positivo. Si comieras un bocado de ese pollo infestado de bacterias, podrías enfermarte y mucho.

¡Bye, bye, pan!
Todos los años, en el mundo se desecha una enorme cantidad de pan, cuyo valor alcanza varios cientos de millones de dólares. ¡La razón? ¡El moho!

La comida tiene algunas armas naturales que la ayudan a defenderse del ataque bacteriano. La leche, por ejemplo, produce pequeñas cantidades de peróxido de hidrógeno (agua oxigenada) que es letal para varios tipos de bacterias. *¿Agua oxigenada... como la que usan para desinfectarme las heridas?* Sí, la misma sustancia que está en el botiquín de primeros auxilios. Aún con esta defensa, las pequeñas bestias siguen dando pelea hasta que la leche, derrotada, se llena de grumos. *¿Y qué hay del sabor amargo?* No es otra cosa que los desechos de las bacterias.

Aunque no los veas, la cáscara de huevo tiene un montón de agujeritos. Estos agujeritos no son lo suficientemente grandes como para ser atravesados por una pulga, pero sí por una bacteria. *Así que tampoco puedo comer huevo…* El huevo tiene varias defensas contra las bacterias. Justo debajo de la cáscara hay una delgada película que impide el paso de muchos microorganismos. A los que logran atravesar este verdadero escudo protector, los aguarda una sorpresa desagradable: un arsenal de sustancias bactericidas. Sin embargo, a veces la suerte se inclina a favor de las invasoras y el resultado es conocido: huevo podrido.

¡Puffffff! ¡Qué victoria más apestosa!

Las personas llevan ya muchos años luchando contra las bacterias. Entre las armas está la pasteurización (calentamiento rápido) de la comida. Como el calor mata a las bacterias, una vez que la comida está libre de ellas, se la guarda en una lata o en algún envase bien limpio. Este sistema da muy buenos resultados, siempre y cuando el envase no se abra o se rompa. Si esto sucede, la comida queda expuesta al aire y los gérmenes atacan de nuevo. O sea que, básicamente, las bacterias están siempre al acecho, dondequiera que estés.

Como si esto fuera poco, también están los **hongos**. Si das un paseo por tu casa, los encontrarás fácilmente. Mira el moho que se forma alrededor de la ducha o en la lata de refresco que olvidaste al lado de tu cama. ¿Y qué hay de la pila de madera que está en el jardín? Mejor aún, echa un vistazo al queso del refrigerador. Quizá te hayas comido algunos hongos en el desayuno. *¡Puajjj!* Y tal vez ¡hasta te hayan gustado! Si alguna vez comiste queso azul, ya probaste los hongos. La salsa de soja también se hace con estas criaturitas…

Para terminar, no debemos olvidar las famosas setas o champiñones que se ponen en la pizza o en la ensalada. **Sí, las setas SON hongos.**

Locos por el moho

Durante la Edad Media, el ergotismo fue una enfermedad muy común en Europa. Algunos pensaban que era una especie de locura, porque quienes la padecían tenían alucinaciones. Finalmente se supo que lo que provocaba estas reacciones era un moho que crecía en la comida.

El grupo "echa-todo-a-perder" vive en casi todas partes, desde las cerámicas del baño hasta las uvas de la frutera, pasando por la pintura de tu habitación. Los hongos tienen un fantástico poder de descomposición y, algunas veces, esta capacidad de descomponerlo todo es muy útil para nosotros.

No me digas… Piénsalo así: si no fuera por ellos, el mundo estaría cubierto por una pila de materia muerta tan alta como el techo de tu casa. Así que, la próxima vez que des un paseo por las calles "limpias" de tu ciudad, dales las gracias a los hongos. El problema es que no es posible entrenarlos para que pudran unas cosas sí y otras no, y es cierto que inevitablemente también se instalan en las uvas que planeabas comer.

Es probable que en este mismo momento haya huevos de hongos flotando por tu casa. En realidad, no se llaman huevos, sino **esporas**. Las pequeñísimas bolitas de hongos bebé flotan por ahí, hasta que aterrizan sobre algo. Si ese "algo" es algo que pueden descomponer, ¡hay banquete! Según el tipo de hongo del que se trate, el banquete podría hacerse con pan, cáscara de naranja, grasa de la pared o pintura del baño. Los hongos son tan variados que algunos hasta pueden comer gasolina.

¡Un poco más de moho, por favor!
Si lees los ingredientes que figuran en la caja de tabletas de vitamina C o en el sobre de polvo para preparar limonada, notarás que entre ellos está el ácido cítrico, una sustancia que supuestamente se extrae del limón. Aunque lo más probable es que provenga de un moho negro. Sorprendente, ¿verdad?

Una vez que aterrizan, las esporas extienden unas pequeñas ramas llamadas **hifas**, que crecen hasta formar una capa de moho. Ahí es cuando vemos los pequeños puntos verdes, café, blancos o negros. Si se le da tiempo y comida suficientes, el moho se agranda y se vuelve más "peludito". ¿Y sabes qué? El moho del pan se reproduce y forma pequeños tallos con grandes cabezas hinchadas (cuerpos fructíferos) que luego se abren y lanzan esporas al aire.

El moho es mayormente inofensivo, excepto para aquellas personas que tienen alergia a las esporas, que las hacen estornudar y sentirse molestas. Ser alérgico a las esporas es muy incómodo, porque estas criaturitas están en casi todas partes.

Si alguna vez probaste comida mohosa, sabrás que tiene sabor a... Bueno, a moho, lo cual no es muy agradable que digamos. Sin embargo, hay un tipo especial de moho que es el que le da ese sabor inconfundible al queso azul. La parte azul que ves en el queso es moho. Si no fuera por el **Penicillium roqueforti**, habría muchas personas que no disfrutarían tanto al comer ensalada con queso azul. Además, el Penicillium roqueforti tiene un pariente cercano que salva millones de vidas cada año: la penicilina, ese antibiótico maravilloso que se obtiene de ese mismísimo moho verde que tanto asco te da cuando lo ves en el pan. A la penicilina le pusieron ese nombre en honor al Penicillium. ¡Un hurra para los mohos!

Otro hongo famoso es la levadura, que es el hongo con el que se hace el pan. No, no es el mismo que deja el pan mohoso, sino el que hace que la masa se esponje (o leve). Cuando se hace masa de pan, se suele disolver un poco de levadura en agua tibia con azúcar. El azúcar y el calor del agua hacen que la levadura comience a comer alegremente. Y al hacerlo, elimina un gas, el dióxido de carbono, que hace que la masa se levante y se levante. También produce otros desechos, como el alcohol. (Sí, el alcohol es una clase de pipí de la levadura.) El alcohol se evapora cuando el pan se cocina y los honguitos se mueren por el calor del horno. ¡Pobrecillos!

Como verás, los hongos hacen cosas de lo más variadas. Así que ya sabes, la próxima vez que veas moho en el refrigerador, no maldigas a toda su familia.

Está bien… que los hongos y las bacterias se tomen mi leche y se coman mis panes; pero ¡basta!, no quiero morir de hambre. Debe de haber algo que pueda comer.

Tu planeta bucal
Si reunieras toda la saliva que cubre tu lengua, juntarías alrededor de 50 millones de criaturitas. ¡Qué adorable! En realidad, hay más criaturas en tu boca que personas en el planeta Tierra.

Pan con moho y leche cuajada

Qué necesitas:

Dos rebanadas de pan, dos bolsas de plástico resellables, agua, leche, una taza, dos frascos pequeños, un refrigerador.

Qué debes hacer:

Coloca una rebanada de pan en cada bolsa. Si deseas conseguir alguna otra cosa, además de un montón de moho, frota el pan contra una superficie polvorienta antes de ponerlo en la bolsa. Moja tus dedos con agua y salpica las rebanadas de pan para humedecerlas. Ten cuidado de no empaparlas. Cierra las bolsas y coloca una en un rincón oscuro y la otra en un lugar iluminado. Al cabo de cinco días, observa las bolsas. ¿Cuál de ellas contiene más cantidad de amigos "peludos"? Bota las bolsas con el pan mohoso después de mostrárselas a tu tía abuela.

Elige un lugar seguro en el refrigerador y otro en un área cálida. Sirve leche en un vaso y déjalo fuera del refrigerador durante varias horas. Pon la mitad de esa leche en un frasco, tápalo y ponlo en un lugar seguro dentro del refrigerador. Pon el resto en el otro frasco, tápalo y ponlo en un lugar seguro en un área cálida. Observa la leche después de varios días. ¿Notas lo mismo en los dos frascos? Si te dan permiso, prolonga el experimento unos días más. ¿Qué ves después de una semana? Un consejo: ni se te ocurra oler el contenido. Desecha los frascos cuando se hayan vuelto demasiado repugnantes.

invasores
en la comida

Hay una mosca en tu sopa (quizá más…).

Finalmente, te sientas a comer un pastelillo y a beber jugo de naranjas. En la etiqueta de la botella lees: "naranjas, agua". No suena para nada inmundo. Piensas en la cucaracha de la alacena y en el pan con moho y respiras aliviado. "¡Qué suerte que no voy a comer nada asqueroso!"

Si hicieras una lista con todas las comidas de los diferentes pueblos del mundo encontrarías **más de 1000 tipos diferentes de insectos**. En algunas partes de América, África y Asia las chinches de agua, los saltamontes, las termitas, las hormigas y los gusanos forman parte del menú.

Está bien, no se te hace agua la boca cuando ves un gusano gordo en tu jardín, ni tampoco sales corriendo a buscar una sartén cuando te encuentras con una procesión de hormigas. Y hasta es posible que digas: "Ningún insecto pasará por estos labios". Pero lo asqueroso es que, sin saberlo, comes muchos insectos —o, al menos, parte de ellos—, porque la mayoría de los alimentos están contaminados por insectos.

¡Pronto! ¡Llamen a los inspectores de Salud Pública!

En realidad, ellos lo saben perfectamente. De hecho, permiten que los alimentos contengan una cierta cantidad de contaminantes provenientes de insectos y de roedores. A esa cantidad permitida se la denomina "Niveles de tolerancia de impurezas en los alimentos".

En busca de lo peor

¿Te interesa hacer carrera como Inspector de alimentos? Hay investigadores cuyo trabajo consiste en buscar contaminantes asquerosos en los alimentos.

Si vivieras en los Estados Unidos, de acuerdo con los niveles de tolerancia de impurezas de ese país, podrías estar comiendo lo siguiente:

Ingesta de insectos durante el desayuno: en 6 panecillos de maíz se permiten 4 insectos enteros, 200 fragmentos de insectos y 4 excrementos de roedores; en un vaso grande de jugo de naranjas envasado, un gusano y medio; en un frasco de mermelada, 18 pelos de roedores y 22 insectos.

¡A la mesa!

Si quieres prepararte un sándwich de pan de trigo con mantequilla de maní y mermelada de frambuesa, piénsalo dos veces. Un frasco grande de mantequilla puede contener 150 fragmentos de insectos y 5 pelos de roedores; uno de mermelada, 10 insectos enteros; y las tres tazas y media de harina de trigo que se utilizaron para hacer el pan, 125 fragmentos de insectos y 3 pelos de roedores. ¡Qué manjar!

En una barra mediana de chocolate puede haber 90 fragmentos de insectos y 3 pelos de roedores. ¿Te intriga saber qué hay en los espagueti con salsa... además de espagueti y salsa? *Creo que perdí el apetito...*

Éstos son los ingredientes que se aceptan en la salsa: 3 gusanos por cada lata grande de tomates, 45 huevos de mosca y 3 gusanos en una lata de extracto de tomates y, finalmente, 45 gusanillos y 169 ácaros en la lata de champiñones. Si a esto le agregas los 200 fragmentos de insectos y los 4 pelos de roedores permitidos en un plato de espagueti, más los 140 pulgones que puede contener el brécol (brócoli) congelado que completa la receta, obtendrás un delicioso platillo de verdadera pasta italiana.

En realidad, las compañías productoras de alimentos extreman los recaudos para que los niveles de contaminantes estén muy por debajo de los valores máximos permitidos. Sin embargo, para los efectos asquerosos, suponiendo que cada ración que comieras en un día tuviera el nivel más alto de contaminantes permitidos, diariamente consumirías unos 52 gusanos y medio, 355 insectos enteros, 765 fragmentos de insectos, 33 pelos y 4 excrementos de roedores.

¿Cómo dices? ¿Que nunca comiste insectos porque no vives en los Estados Unidos? ¿Y qué tal si averiguas cuáles son los niveles de tolerancia en tu país?

Prefiero no hacerlo...

Comes el último bocado de tu pastelillo, lo tragas con el jugo de naranjas y luego aprietas fuerte los labios mientras se te revuelve el estómago.

Un menú verdaderamente terrenal

Paté de gusanos, guacamole de saltamontes y, de postre, pastel de lombriz con salsa de manzanas. Éste fue el menú de un banquete ofrecido por un profesor de entomología de la Universidad de California, en Berkeley.

Esto contó Don, uno de los invitados, que probó de todo sin vomitar: "El paté de gusanos tiene cierto sabor a pollo. Y aunque los gusanos estaban molidos, tenía color de gusano. En realidad, no es tan terrible si no te acuerdas de los gusanillos que se arrastran por el bote de basura".

Don dijo también que no se notaba que el pastel tuviera lombrices, a menos que se lo mirara muy de cerca. El plato que menos le agradó fue el guacamole: "Aunque los saltamontes estaban picados, el guacamole estaba crujiente, lo cual es algo muy raro".

gérmenes
en la cocina

¡Cuidado con la esponja!

El rugido de tu estómago se calma poco a poco. Al ver las migajas que quedaron sobre la mesa, tomas la esponja que está en el fregadero (pileta de la cocina). "Sí, mejor dejo todo bien limpio, así nada será tan asqueroso."

Cuando utilizas una esponja para limpiar la mesa, **crees** que la estás limpiando. Lo que en realidad estás haciendo es quitar las migajas de pan y las gotas de salsa que quedaron allí y depositar en su lugar millones de bacterias.

Las bacterias nadan en el agua de la esponja o del paño de cocina y luego se depositan (junto con el agua) en el lugar que estás limpiando. No podrás verlas aunque mires **muuuy** de cerca, porque estas criaturitas son tan pequeñas que una pila de miles de ellas no tendría siquiera el tamaño del punto que está al final de esta oración. Pero no te dejes engañar por su tamaño pequeño. Estas bacterias son las responsables de que ciertas cosas huelan mal. Además, algunas de ellas también pueden enfermarte.

¡Y ahora las esparciste por toda la mesa! Y si pudieras escudriñar la superficie del mueble de la cocina, también las encontrarías allí. Y en la manija del refrigerador, en la puerta de la alacena, en la tabla de cortar, en la cara de tu hermanita... Bueno, ya entendiste ¿no?

Las bacterias no tienen pies para caminar ni alas para volar. Las **Pseudomonas**, unas pequeñas criaturas con forma de cigarro, se mueven utilizando una única o varias colas en forma de látigo. Estas colas se llaman **flagelos**. Cuando el flagelo se menea, la bacteria se desliza a través del agua de la mesa "limpia". Otras bacterias tienen forma de bola pequeña, y otras, de salchicha. Una vez que la mesa se seca, las bacterias mueren luego de algunas horas. Pero, a esa altura, es probable que hayas limpiado la mesa otra vez, dándoles a tus amigas la humedad que necesitan para llevar una vida plena.

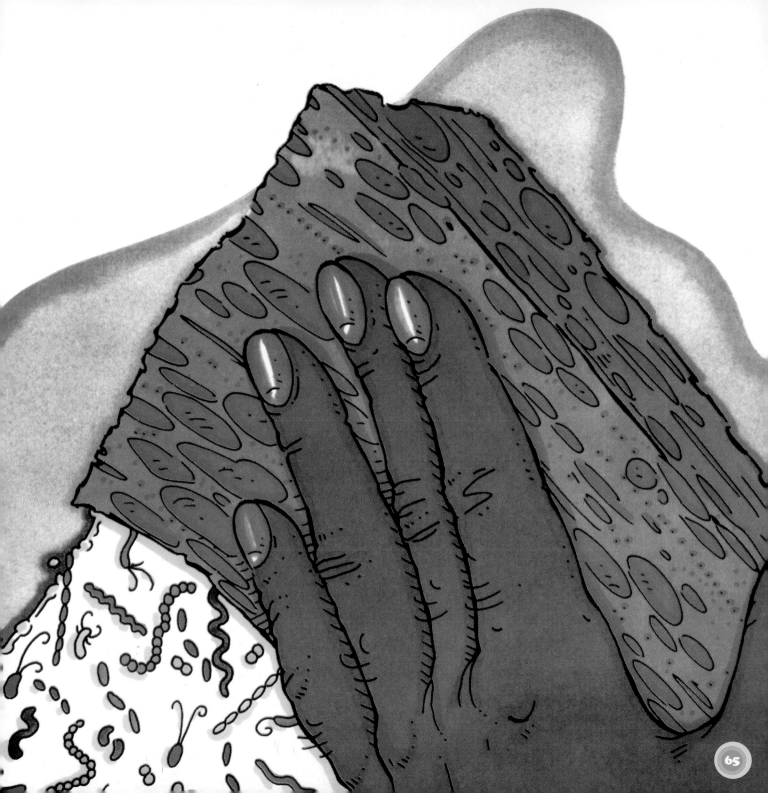

Las esponjas y los paños de cocina son lugares fantásticos para las bacterias: pueden adherirse a su superficie, comer los diminutos restos de comida que allí quedan y encontrar en ellos toda la humedad que necesitan. "Sí, mi amor, es el hogar con el que siempre soñamos." Las bacterias se mudan allí, establecen su hogar y comienzan a reproducirse. En la cantidad de líquido que sale al retorcer una esponja puede haber hasta ¡10 millones de bacterias! Realmente muchísimas, si tienes en cuenta que en Bolivia viven, más o menos, la misma cantidad de personas.

Las alegres criaturas y toda su descendencia vivirán en el trapo mientras esté húmedo. Puedes saber qué tal se encuentran oliendo la esponja. *No, gracias*. Las esponjas y los trapos que huelen mal son una señal segura de que allí viven, comen, defecan y se reproducen felizmente las bacterias. Pero si la esponja se seca, se morirán después de unas horas.

¡Oh! ¡Qué pena!

Bueno, no te preocupes tanto. Si antes limpiaste la tabla de cortar, estate seguro de que algunas bacterias se habrán trasladado de la esponja a la tabla. Allí, las criaturitas se introducen en las hendiduras que hace el cuchillo. En las tablas de plástico, las bacterias están sólo en la superficie, así que es más probable que de allí vayan a parar a tu comida. Y esto puede ser un verdadero problema, porque algunas de ellas podrían intoxicarte.

En las tablas de madera, en cambio, las bacterias se meten dentro de los pequeñísmos agujeros de la madera y no pasan tan fácilmente a tu comida.

¡Ya basta!
No pienso volver a probar bocado en toda mi vida.

¿Cenando en el trono?

Aunque te cueste creerlo, es probable que, a la hora de comer, el baño sea más limpio que la cocina. Un grupo de científicos descubrió que en la mayoría de los asientos de los inodoros hay menos bacterias que en los fregaderos de las cocinas.

67

Bueno, tampoco es para desesperarse. Al fin y al cabo, las personas llevan mucho tiempo comiendo en la cocina. La clave para mantener a las bacterias a raya es conservar las cosas frescas y limpias. No dejes esponjas o trapos húmedos por ahí. Escúrrelos y lávalos con frecuencia. Friega y lava muy bien las ollas con agua caliente y mantén las superficies secas.

¿Qué? ¿También viven en el metal? ¡No hay escapatoria!

Tómatelo con calma y sigue prestando atención. Haz lo mismo con la tabla de cortar: lávala muy bien después de utilizarla y si, por ejemplo, la usaste para cortar pollo crudo, no cortes sobre ella tomates sin antes lavarla.

Esponjas culpables

Un grupo de científicos que estudiaba las bacterias de los hogares encontró una cocina que tenía gérmenes por todas partes. De pronto, al sexto día de trabajo, la mayoría de las bacterias desapareció como por arte de magia. La causa de tan repentina desaparición fue que la familia había cambiado su vieja esponja por una nueva.

Cultiva tus propias bacterias

Qué necesitas:

Un cubo de caldo de gallina, agua, una taza para medir, azúcar, tres recipientes muy pero muy limpios, una cuchara sopera, una olla, plástico autoadherente, un paquete de gelatina (opcional).

Qué debes hacer:

Vierte tres tazas de agua en la olla. Es mejor utilizar agua destilada; si no tienes, usa agua del grifo. Pídele a algún adulto que ponga el agua a hervir, con el cubo de caldo y una cucharada de azúcar. Deja que la mezcla hierva durante varios minutos y dile a tu ayudante que la saque del fuego y la tape. Cuando el caldo se haya entibiado, toma los tres recipientes (si vas a usar gelatina, agrégasela al caldo ahora) y vierte cantidades iguales en cada uno. Deberías tener un poco menos de una taza en cada recipiente.

Coloca los recipientes en tres lugares diferentes. Podrías ubicar uno detrás del inodoro, otro cerca del bote de basura y el tercero al lado del fregadero. También puedes toser dentro de uno de ellos y meter los dedos en otro. A la mañana siguiente, retira los tres recipientes de los sitios donde los dejaste el día anterior. Ahora cúbrelos bien con el film plástico y colócalos en un lugar seguro y cálido. Deja crecer las bacterias durante una semana y luego observa qué obtuviste. Probablemente veas unos puntos verdes, blancos o negros y algo similar a los copos de algodón. ¡Felicitaciones! Ya tienes tus cultivos de bacterias (y, seguramente, de hongos también). ¿Ves la misma cantidad en todos los recipientes? ¿Cuál de ellos tiene más? Desecha los frascos cuando se hayan vuelto demasiado repugnantes y lávate bien las manos.

Algunas esponjas y tablas de cortar traen "de fábrica" sustancias que matan las bacterias. ¿Quién sabe? Quizás, en un futuro cercano podamos ganar la batalla contra estas criaturitas. Y quizás hasta se vendan muebles de cocina, mesas y refrigeradores con sustancias bactericidas. Pero hasta entonces, preocúpate porque las cosas estén bien lavadas y secas.

Terminas de limpiar la mesa con la esponja, tomas una toalla y la secas completamente. "¡Ja! ¡Fuera de aquí!" Escurres la esponja cuidadosamente.

Aunque les hayas ganado la guerra a las bacterias en este pequeño campo, ya conoces la cruda realidad: es todo muy asqueroso en tu habitación, en el baño y en la cocina. Entonces... ¿adónde puedes ir?

un beso de despedida

Una cuestión de saliva.

Corres a refugiarte en un lugar seguro: la sala. Te acomodas en el sillón y tomas el control remoto. ¡Sí, la tele! Una buena idea para escapar de este mundo repugnante y para olvidarse por un rato de las cosas asquerosas que enfrentaste en lo que va del día. Te detienes en una película romántica: una pareja descansa plácidamente en el parque, después de un suculento picnic. El cielo es azul, los pájaros cantan y no hay ninguna hormiga a la vista. Ella rueda por el pasto hacia él, él se le acerca aún más. Ella lo mira a los ojos, sonríe y abre sus labios levemente. Él está a punto de besarla cuando, como por un hechizo, la visión de él se magnifica y sus ojos se transforman en lupas que pueden ver en detalle el interior de la boca de su enamorada.

¡Puajjj! ¡Hay vida allí dentro! Su dentadura, su lengua y sus mejillas están cubiertas de criaturas diminutas que retozan por ahí.

No te preocupes… Besarse es algo agradable. Si fuera tan asqueroso, nadie lo haría. Aunque quizá no todos saben qué pasa cuando intercambian su saliva con la de otro. Pero el galán de tu película sí lo sabe, porque puede ver las pequeñísimas criaturas en la boca de su novia.

Aterrorizado, el galán observa a las bestezuelas que se divierten entre los dientes, en la lengua y en las mejillas de su amada: algunas son esféricas y otras tienen forma de vara o incluso de espiral, como si fueran pequeñísimas papas fritas enroscadas. Se arrastran y nadan hacia los restos de comida que hay allí. El blanco esmalte de los dientes está cubierto por algo de queso y de pan de centeno. La lengua tiene rastros de banana. Y... ¡qué desagradable! Hasta se pueden ver pedazos del cereal del desayuno. Las criaturas mascan las sobras y luego liberan un desecho ácido. El ácido corrosivo carcome los dientes y así se producen las caries.

¡Guauuuuu! También hay una guerra allí dentro. Los glóbulos blancos, los soldados del organismo, se mueven sigilosamente capturando y engullendo bacterias. Es como una película bélica. *¡Qué bueno! ¡Mis favoritas!*

Y esto no termina allí. En la boca de la muchacha, como en la de todas las personas, hay hongos y virus. Los virus pueden causar resfriados y gripe. ¿Qué clases de enfermedades esconde esa boquita?

Al observar más de cerca, se ve una costra amarilla alrededor y en la base de sus no tan perlados dientes. Tiene sarro, esa capa amarilla y áspera que los dentistas adoran raspar.

¿Qué esperas?—pregunta ella.

Él cierra los ojos y desconecta su visión microscópica. Luego, suavemente, posa su boca sucia, plagada de bacterias y de restos de comida, sobre la de ella, que está atiborrada de sarro y de gérmenes. ¡Las personas hacen cualquier cosa por amor!

Ya basta. No soporto más. Apagas el televisor y cuando estás sacando tu abrigo del armario para salir a tomar aire fresco, ves a tu hermano mayor besando a su novia en la cocina. Aprietas los labios para contenerte y no contarle todo lo que acabas de ver.

Gimnasia labial

¿Sabías que con cada beso se consumen hasta 0,012 calorías? Si tienes en cuenta que en una caminata de una hora se consumen 300 calorías, es evidente que el besuqueo no ocupa un lugar muy alto en la escala de ejercicio. Definitivamente, debe de haber otras razones por las que a la gente le gusta tanto besarse.

Diez razones por las que no deberías besar a nadie excepto a tu perro

1. En una boca humana viven más de 100 000 000 de criaturas.
2. Allí están las bacterias.
3. También están los hongos.
4. Los aparatos de ortodoncia de quien te besa se pueden clavar en tu boca.
5. Las bocas pueden albergar virus que causan enfermedades.
6. El aliento a pizza de peperoni no es muy agradable.
7. No hay razón para comerse los restos de comida del otro.
8. El sarro de los dientes ajenos es bastante asqueroso.
9. La saliva humana contiene una sustancia parecida al pipí que proviene de las glándulas.
10. Los ácidos que producen las bacterias circulan por la boca.

Las bocas perrunas son más higiénicas que las humanas. La saliva de Sultán contiene sustancias químicas que matan los gérmenes. Sigue besando a tu perro. Aunque, en realidad, algún día descubrirás que es mejor asumir los riesgos...

Te pones rápidamente
el abrigo y sales a tomar
una bocanada de fresco
y puro "aire libre".

O, al menos, eso crees...

¡Buenas noticias!
Hay más libros de Asquerosología

Asquerosología de la cabeza a los pies

A veces, apesta. A veces, cruje. Y a veces, resulta pegajoso. Pero... es tu cuerpo. Descubre el costado científico de tus olores, tus heridas y tus desperdicios. ¡Los vómitos, los granos y los pies olorosos nunca fueron tan interesantes y divertidos!

Asquerosología del cerebro a las tripas

Esta exploración apestosa por el interior de tu cuerpo incluye todo: desde la sangre hasta las verrugas, desde el estreñimiento hasta las erupciones, desde el cerebro hasta las várices. ¡Asquerosamente entretenido!

Asquerosología animal

¡Puaaaajjjj! Pueden ser hermosos y muy dulces, pero son francamente... repugnantes. Este libro habla de ellos, de los comedores de vómito, de los chupadores de sangre, de los amantes de los excrementos... ¡El mundo animal nunca fue tan asombroso!

**Todos con el estilo iamiqué:
sencillo, divertido...
y con mucho rigor científico.**

¿Ya eres parte de los seguidores de
ediciones iamiqué?

**Preguntas que ponen
los pelos de punta 1**
sobre el agua y el fuego

**Preguntas que ponen
los pelos de punta 2**
sobre la Tierra y el Sol

**Preguntas que ponen
los pelos de punta 3**
sobre la luz y los colores

¿Por qué se rayó la cebra?
y otras armas curiosas
que tienen los animales
para no ser devorados

**¿Por qué es trompudo
el elefante?**
y otras curiosidades de los
animales a la hora de comer

**¿Por qué es tan guapo
el pavo real?**
y otras estrategias de los
animales para tener hijos

**info@iamique.com.ar
www.iamique.com.ar**

Este libro apestoso, vomitivo y asqueroso,
se imprimió en agosto de 2008 en
Grancharoff Impresores, Tapalqué 5868,
Ciudad de Buenos Aires, Argentina.
impresores@grancharoff.com